A PICTURE BOOK IN SPANISH AND ENGLISH

In these delightful lyrics by beloved songwriter José-Luis Orozco, a child asks his family to sing to me, count with me, say letters to me, say words to me, and read to me—activities that are the foundation of literacy. Beautiful illustrations by award-winning artist David Diaz take the boy through his day as he enjoys the company of his loving family. *Rin, Rin, Rin/Do, Re, Mi* was written in conjunction with Lee y Serás, an outreach program created by leaders in the Latino community to deliver the message that children's language and reading development begins at home.

LIBRO ILUSTRADO EN ESPAÑOL E INGLÉS

En estas encantadoras canciones del popular cantautor José-Luis Orozco, un niño les pide a sus familiares que lo acompañen a cantar, contar, repetir letras y palabras, que le lean cuentos, en fin, que hagan con él todas las actividades básicas para aprender a leer. Las hermosas ilustraciones del artista galardonado David Diaz muestran cómo transcurre el día de un niño que disfruta de la compañía de sus familiares. *Rin, Rin, Rin/Do, Re, Mi* es fruto de la colaboración con Lee y serás, un programa de extensión cultural creado por líderes de la comunidad latina para difundir la idea de que el desarrollo del lenguaje y el aprendizaje de la lectura empiezan en casa.

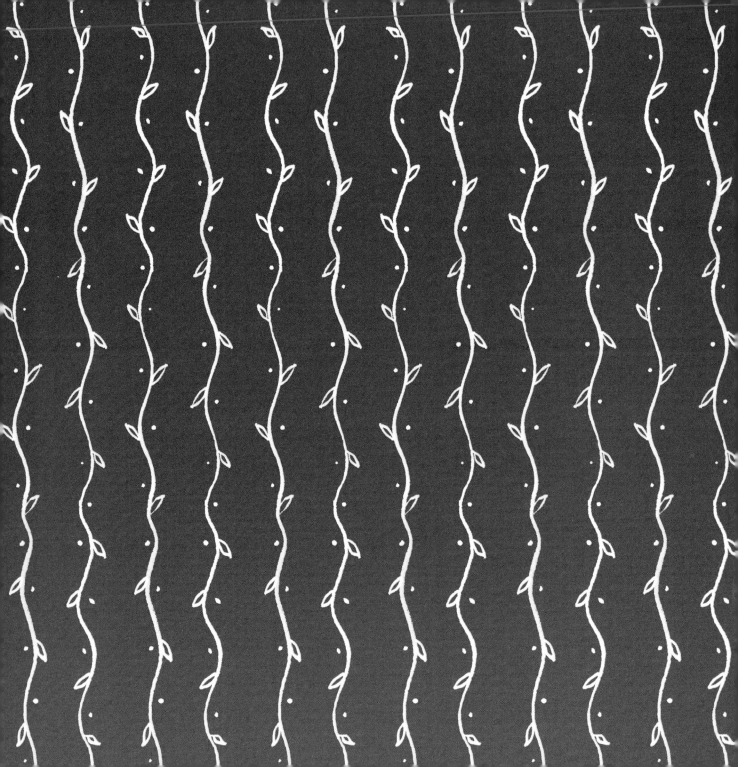

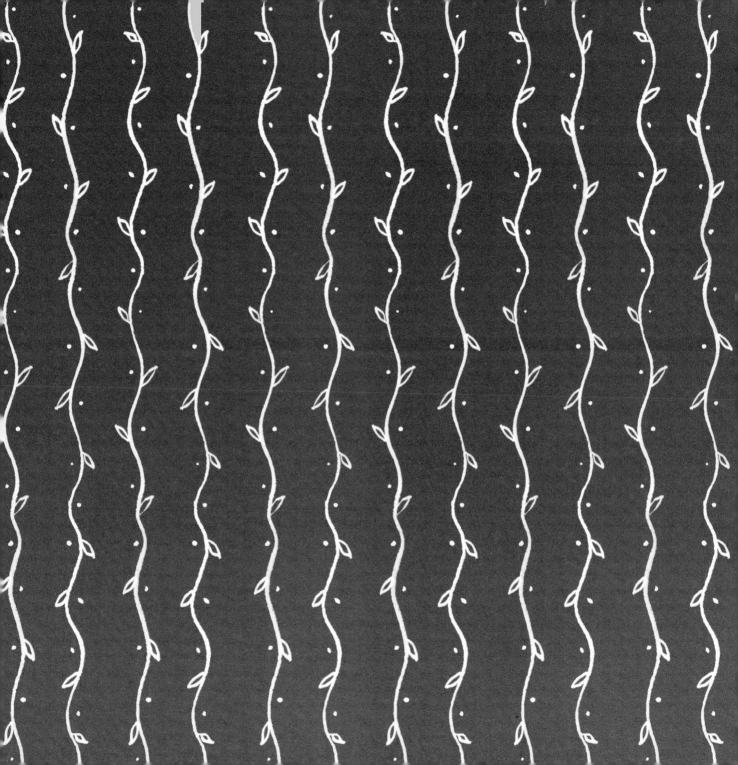

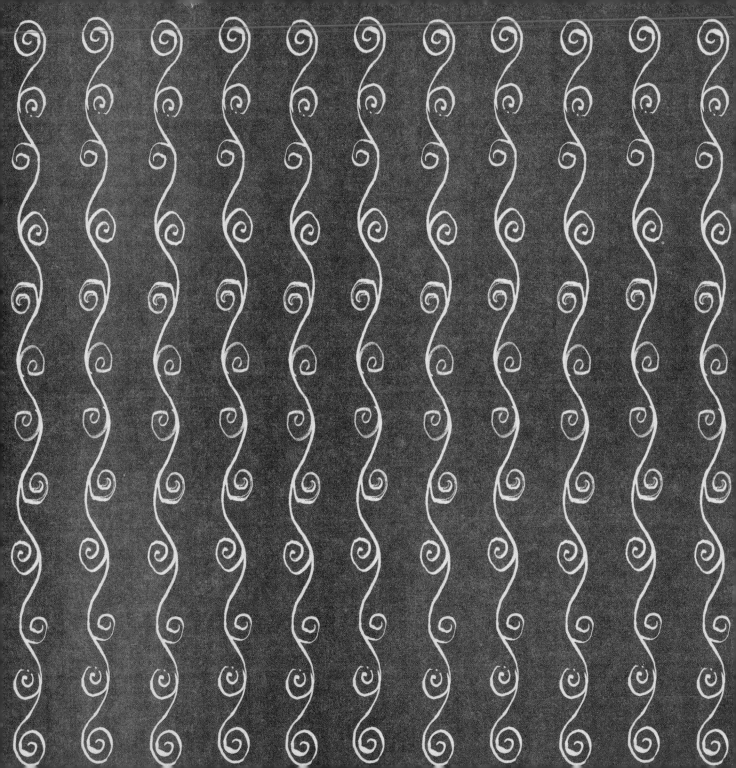

JOSÉ-LUiS OROZCO  DAViD DiAZ

Lee y serás

Rin, Rin, Rin
DO, RE, Mi

LIBRO ILUSTRADO EN ESPAÑOL E INGLÉS
A PICTURE BOOK IN SPANISH AND ENGLISH

Cartwheel
·B·O·O·K·S·®

SCHOLASTIC INC.
**New York   Toronto   London   Auckland   Sydney
Mexico City   New Delhi   Hong Kong   Buenos Aires**

Text and music copyright © 2005 by José-Luis Orozco.
Illustrations copyright © 2005 by David Diaz.

All rights reserved. Published by Scholastic Inc.
SCHOLASTIC, CARTWHEEL BOOKS, LEE Y SERÁS and associated logos
are trademarks and/or registered trademarks of Scholastic Inc.

Library of Congress Cataloging-in-Publication Data available.

ISBN: 0-439-75531-X

22 21 20   12 13 14/0

Printed in the U.S.A.   40
This edition first printing, October 2005

Para: Valiente Tlayolo,
Gaby, Martin, Tatiana,
David Damian y todos
los bibliotecarios,
maestros y niños.
—J-L.O.

For Fey & Martha
—D.D.

Rin, Rin, Rin, Do, Re, Mi
Mis ojitos los abrí.
Cantaremos las
canciones
que nos van a divertir.

Do, re, mi
Sing songs to me!

A, E, I, Do, Re, Mi
Las letras están aquí.
A, B, C, ya me las sé.
Las diré después de ti.

A, B, C,
Say letters to me!

La, Le, Li, Do, Re, Mi
Avión, comida, delfín.
Vamos haciendo las rimas
para ti y para mí.

Eenie, meenie,
Rhyme with me!

Ma, Me, Mi, Do, Re, Mi
Leche y frutas hay aquí.
Sigue buscando
palabras.
Dime qué quieren decir.

Milk, fish, tree,
Find words with me!

Ja, Je, Ji, Do, Re, Mi
Ja, ja, ja, ji, ji, ji, ji
Cuenta todos mis
deditos que yo me
quiero reír.

1, 2, 3,
Count with me!

Plas, Ples, Plis,
Do, Re, Mi
Ojos, boca y nariz.
Tú comienza con
el cuento
y yo te diré el fin.

Fancy-free,
Make up stories
with me!

Din, Don, Din, Do, Re, Mi
Libros y amor para ti.
Lee mucho y serás
en la vida muy feliz.
Amorcito, hasta
mañana, ya es la hora
de dormir.

Hug me, kiss me,
Read to me!
Read and I'll be...
The best I can be!

Rin, Rin, Rin

Rin, Rin, Rin, Do, Re, Mi
Mis ojitos los abrí.
Cantaremos las canciones
que nos van a divertir.

A, E, I, Do, Re, Mi
Las letras están aquí.
A, B, C, ya me las sé.
Las diré después de ti.

La, Le, Li, Do, Re, Mi
Avión, comida, delfín.
Vamos haciendo las rimas
para ti y para mí.

Ma, Me, Mi, Do, Re, Mi
Leche y frutas hay aquí.
Sigue buscando palabras.
Dime qué quieren decir.

Ja, Je, Ji, Do, Re, Mi,
Ja, ja, ja, ji, ji, ji, ji
Cuenta todos mis deditos
que yo me quiero reír.

Plas, Ples, Plis, Do, Re, Mi
Ojos, boca y nariz.
Tú comienza con el cuento y
yo te diré el fin.

Din, Don, Din, Do, Re, Mi
Libros y amor para ti.
Lee mucho y serás
en la vida muy feliz.
Amorcito, hasta mañana,
ya es la hora de dormir.

DO, RE, Mi

Rin, Rin, Rin, Do, Re, Mi
I opened my little eyes.
We'll sing songs
and have fun.

A, E, I, Do, Re, Mi
Here are the letters
I already know—A, B, C.
I will repeat them after you.

La, Le, Li, Do, Re, Mi
Plane, food, dolphin
We are making rhymes
for you and me.

Ma, Me, Mi, Do, Re, Mi
There is milk and fruit here.
Keep looking for words.
Tell me what they mean.

He, Hey, He, Do, Re, Mi
Ha, ha, ha, he, he, he, he
Count all my fingers,
because I want to laugh.

Plas, Ples, Plis, Do, Re, Mi
Eyes, mouth, and nose.
Start telling the story
and I'll tell you the ending.

Din, Don, Din, Do, Re, Mi
Books and love for you.
Read a lot and you will be
very happy in life.
My love, see you tomorrow.
It's time to go to sleep.

5. Ja je ji do re mi   Ja ja   ja ji ji ji
ji Cuen - ta to - dos mis de - di - tos que yo me quie - ro re - ír
6. Plas ples plis do re mi   O - jos, bo - ca y na -
riz. Tu co - mien - zas con el cuen - to y   yo te di - ré el fin
7. Din don din do re mi   Li - bros y a - mor pa - ra
rit.
ti. Le - e mu - cho y se - rás en la vi - da muy fe - liz. A - mor - cito has - ta ma
ña - na ya es la ho - ra de dor - mir

Sobre
José-Luis Orozco

José-Luis Orozco, educador, intérprete, cantautor y autor galardonado de libros bilingües para niños, posee un título de maestría en educación multicultural. Nació y se educó en la Ciudad de México. Actualmente reside en Los Ángeles, California.

About
José-Luis Orozco

José-Luis Orozco is an award-winning educator, performer, songwriter, and author of bilingual books for children. Mr. Orozco holds a master's degree in multicultural education. Born and raised in Mexico City, he currently lives in Los Angeles, California.

Sobre el libro

La canción de José-Luis Orozco se ha traducido al inglés de dos maneras: la traducción que acompaña a las ilustraciones en forma de rima, divertida para leer, y la traducción literal que aparece al final del libro.

Sobre
David Diaz

Galardonado con la Medalla Caldecott por sus ilustraciones de *Smoky Night*, David Diaz ha ilustrado muchos libros para niños, entre ellos, *Feliz Navidad* de José Feliciano, publicado por Scholastic. David Diaz reside en Carlsbad, California.

About
David Diaz

The recipient of the Caldecott Medal for *Smoky Night*, David Diaz has illustrated many books for children, including Jose Feliciano's *Feliz Navidad* for Scholastic. Mr. Diaz lives in Carlsbad, California.

About the book

José-Luis Orozco's song is translated into English in two ways: in a fun-to-read rhyme that accompanies the illustrations and with a literal translation that appears in the back of the book.

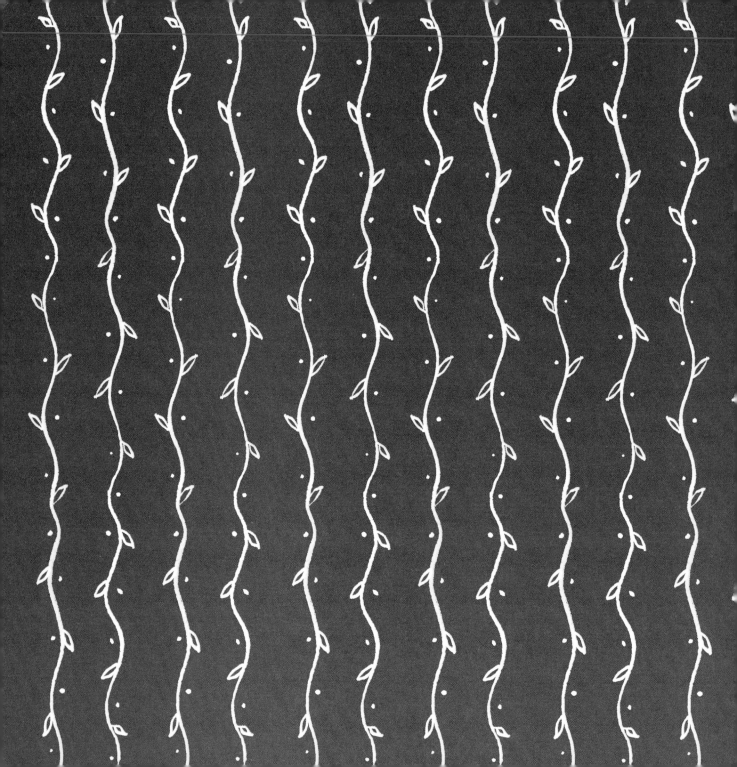

Lee y Serás™

LEE Y SERÁS WAS CREATED BY RESEARCHERS, COMMUNITY LEADERS, AND EDUCATORS IN THE LATINO COMMUNITY, AND EMPLOYS A WIDE ARRAY OF MATERIALS AND OUTLETS TO DELIVER THE MESSAGES THAT CHILDREN'S LANGUAGE AND READING DEVELOPMENT BEGINS AT HOME, AND THE COMMUNITY HAS A RESPONSIBILITY TO HELP ADDRESS THE READING NEEDS OF LATINO CHILDREN.

LEE Y SERÁS, CREADO POR INVESTIGADORES, EDUCADORES Y LÍDERES DE LA COMUNIDAD LATINA, SE VALE DE UNA AMPLIA GAMA DE MATERIALES Y CENTROS DE DISTRIBUCIÓN PARA RECALCAR QUE EL DESARROLLO DE LAS DESTREZAS VERBALES Y DE LECTURA COMIENZA EN EL HOGAR, Y QUE LA COMUNIDAD TIENE LA RESPONSABILIDAD DE AYUDAR A SATISFACER LAS NECESIDADES DE LECTURA DE LOS NIÑOS LATINOS.

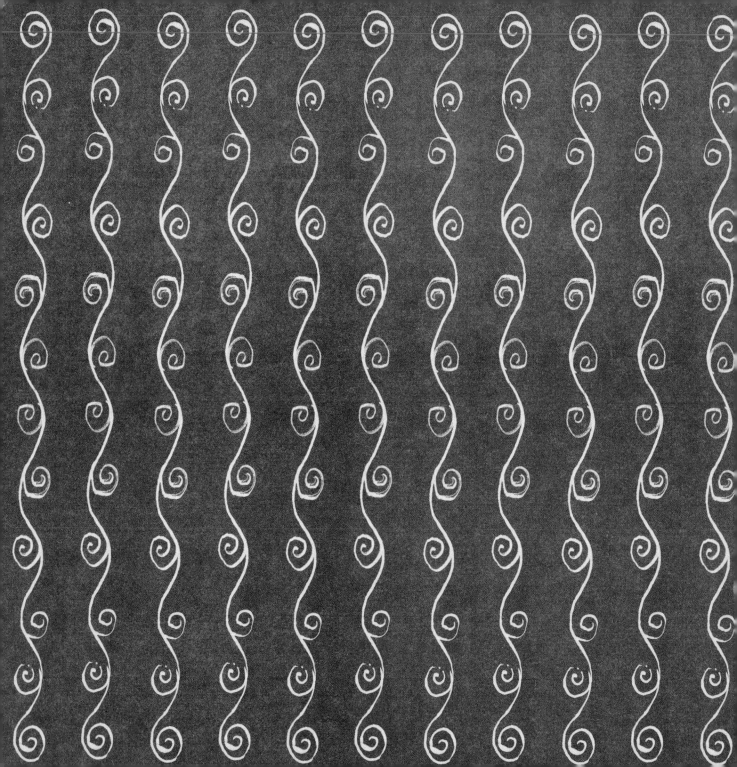

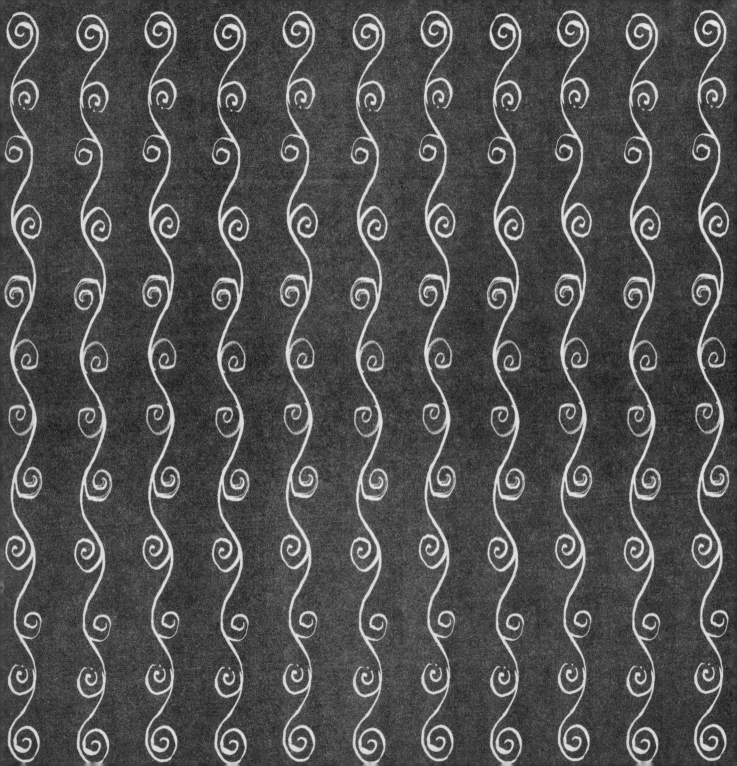

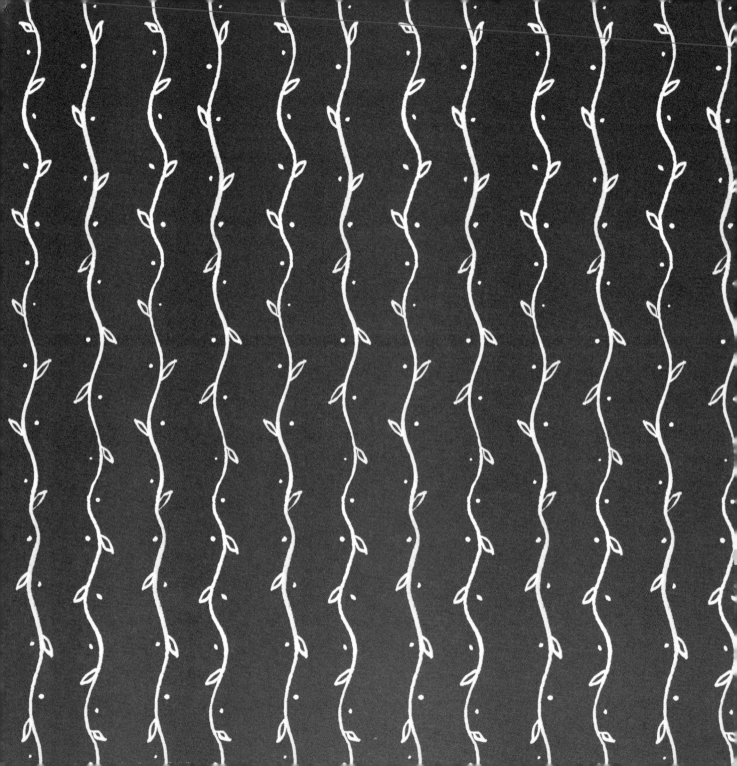